U0782719

散文
遇见
诗

葛水平
·主编

取出一些光

张锦华

·著

山西出版传媒集团　北岳文艺出版社
·太原·

图书在版编目（CIP）数据

取出一些光 / 张锦华著 . -- 太原：北岳文艺出
版社，2025. 5. --（散文遇见诗 / 葛水平主编）.
ISBN 978-7-5378-7084-9

Ⅰ. I227

中国国家版本馆 CIP 数据核字第 2025VY2835 号

取出一些光
QUCHU YIXIE GUANG

张锦华 / 著

//

出品人
董利斌

选题策划
谢　放
陈彦玲（特邀）

责任编辑
谢　放

特约编辑
王小毅
张　嫄

封面设计
王明自

内文设计
华阅文化·壹971

印装监制
郭　勇

出版发行：山西出版传媒集团·北岳文艺出版社

地址：山西省太原市并州南路57号　　邮编：030012

电话：0351-5628696（发行部）0351-5628688（总编室）

传真：0351-5628680

印刷装订：山西新华印业有限公司

成品尺寸：148 mm × 210 mm

字数：156千

印张：8. 25

版次：2025年5月第1版

印次：2025年5月山西第1次印刷

书号：ISBN　978-7-5378-7084-9

定价：52. 00元

本书版权为本社独家所有，未经本社同意不得转载、摘编或复制

主编寄语

五个人结伙出书，有散文，有诗歌，两种文学体裁的丛书，也是五位作者观察世界、思考人生、感悟生活独特的文学表达。

五人视角，借助情感的昭示，能够体察到天地造化中的灵性，感知曾经的往事风景，于昔日芳华的夕阳系缆，对于往事的痴情呼唤，五位作家以笔为眉，以墨为眼，在文字的世界里秋波流转，荡漾出一个缤纷绚丽的精神家园。

阅读他们的稿件，各自的文字和文学带来的语境是不同的，从散文角度看，一种是历经沧海桑田、气象开阔的，一种是灵魂闪烁着异光保持着诗心的内核。诗歌写作不乏才情和灵气，细腻而时尚的表达方式，文字和语言，一切都像从前，一切都在改变。

在车水马龙的小城，他们过着平凡的日子，但在他们心里，永远都种植着一颗绽放的向日葵，这使他们在人群中被区别开来，他们的文字不同于一般，是底层的、朴素的，又是感性的。

时光年复一年这样消逝这样呈现，因为热爱，他们写书。

(作者系著名作家、山西大学文学院教授、山西省文联主席)

自 序

　　在烟火人间中一路走来，经历了许多温暖且有趣的事，并被一些感动和幸福推拥着，对未知的奔赴也多出了热爱和坚定。同时，在不同的成长和经历中留下的深深浅浅的印记，在某一时刻会让人心底涌起无限的喜悦和骚动，从而让原本单调乏味的一些事有了光泽和活力，让回忆的滋味也变得厚重和浓烈。

　　文字就是这样，诗歌就是这样。当你开始相信它，走进它，便惊喜地发现，这种独特的符号可以治愈人间一切的苦难和不堪。与时间不同的是，一些阵痛在经年之后仍旧清晰，而文字却会时刻抚触它，让你行走在广阔的人间，生出无畏和勇毅。

　　在一首《立冬辞》里我这样写:"冷冽,终归擦破城市的边角／一个秘密,闪动在灯火里／这一夜,谈起风月的人／想必有和夜一样的孤独／／秋风之末,季节填写的落款／暴露在落叶的脉纹里,一卷再卷／与昨天有关的想象,和今天一样／在经年的罅隙里,依样有迹可循／像陈旧伤疤下湮没的潦草／／这一夜,在浩大无比的人间／面对热爱,我依然奋不顾身"。

　　诗歌是高于生活的,也是源于生活的。正因如此,相信一个真正热爱生活的人,是从来不会忽略周遭一切事物的,并在各种不同的生命境遇和情感体验中,去领略和感悟心灵的起伏与曲折变化,以此来为这种变化的宣泄找到对应的出口,让看似纷繁的情绪在诗歌特有的语境中得以平复和寄存。这是诗歌功能的重要体现。它给诗人的思想和情感赋予本质再现的深度与宽度。这一点也是我自诗歌写作以来,最为真挚和深切的感受。这种感受的确让人欲罢不能又妙不可言。

　　谈及诗歌时,我是诚惶诚恐的。我无法以一个诗人的身份来洞见和察识人类面对生活时的营营百态和纭纭众相。我见过一些诗歌看起来比本人更忧郁的诗人,他们在现实中往往有超乎想象的内涵和坚韧。他们似乎懂得用诗歌去巧妙处理和化解生活中一地鸡毛的零乱,用一些常人无法构建的意象将语言这门艺术表现到极致。他们深陷其中,乐在其中,这让我对自身的审视和照见也变得深刻起来,在诗意的不断淬炼和浸润中得以提升。从另一种角度来说，我对诗歌这种所谓的"小众"文化所承载的使命和价值也有了更深远、更广阔的理解与认识。

说到诗歌的小众，是由于它文学形式的独特性，具有贵族化、精英化的特征，因此被视为一种高雅的艺术，但这并不影响它所应持有的纯粹性和可塑性。写作者并不能因此就背离现实生活而故弄玄虚。我也见过那些深怀悲悯的诗人，他们善于捕捉人类社会的共情，用宽厚的情感去探访和关照一切低处的生命。在无数微小的事物中，用真诚和朴实去发现和捕捉它们努力向人间释放的善意，这是多么让人值得去拥有的感知和深情啊！一下子，世界也因这种善意充盈起来。文字中蕴含的悲悯让一个诗者的情怀得以无限扩展和延伸。

我喜欢诗歌的"小众"，更喜欢它成为每个人心中的"大众"。在这本诗集结集之前，我一直保持以一束光的心态来完成一些事，对待一些人。诚如我在《光合作用》中写道："照进生命的光／多通过折射表现出来／林荫间散落的／是光的另一种形式／／这种别无二致的热烈／让我对一切生长之物／有了更深的见地／／一树一树的叶片，密而有序／它们在人间／制造氧气和温情／让栖息的鸟，羽毛发出尖叫／／我还发现，在这些叶片的罅隙／青色缓缓向外延展的部分／以及它们渴望光的可逆性／这种渴望，多像完成生命回溯前／留给人间的印证／多像生活里，迫切需要／涌向我们的光亮／／说到生活，我应当心存感激／感激那些，和叶片一样的轻薄之物／如果不是它们／我无法在一首诗里／让每一个字都布满爱意"。

在诗行里行走，就像阳光照进人间，温暖抚慰着庞大和渺小的事物，让世间的一切生灵充满意趣和色彩，让我在曾经或将来都无比热爱与我有关和无关的一切。正如从一片云朵、一株野草、一块石、一只鸟……中间所获得的温情，在享受自然所带来的愉悦之时，常常不得不俯下身子去重新审视它们的卑微。为此，我深信一个人最好的生命觉知就是拥有良好的心性和创造幸福的能力。而诗歌无疑是抵达的最好途径。

些许欣喜还是有的，毕竟著书立说也算人生一件幸事，能在时光渐渐转向深处之时，留一份感念给自己。这种感念也是对在本书结集过程中予以支持和帮助的所有师者和友人。他们的激励和鞭策让我时刻警醒，充满动力，让我在诗与远方的碰撞中，像一只不停扇动翅膀的鸟，完成一次次飞行的宿命，完成生命中的一次次征服。

目　录

写诗与立心

悲悯即人间

难得动情处

且吟为风月

照见与自省

写诗与立心

跨年辞

○ 他们各自拥有真诚、丑陋和善良

生活如果不止眼前的苟且
我愿分割自己给苟且之外的部分
关于这一年，经历的欢喜和忧伤
我以文字的纯粹与其作别

这一年，所有见过的人
经历过的事
他们各自拥有真诚、丑陋和善良
但我无法不一一对此怀有善意

我知道接下来还会有，我不能
对他们的褒贬评头论足

我怕因此而产生憎恨
那我便有了一样的丑陋

一想到来年
想到那深情的春光
想到纤柔的柳丝和灼热的桃花
想到温和的风从四下吹来
我无法确定一切的变与不变

能做的，只有努力劝慰自己
除了保持对一些事物的热爱
也要保持对一些事物的接纳

关于明天，我无意做过多假设
因为接下来，时间不会为谁
生出丝毫纵容和宽恕

值得相信的是，在走掉的时光里
我看见越来越清澈的自己

在人间

○ 爱或不爱
　一块石头都会亮出坚硬

常常有对自身的一些失察
在乡下，这种失察显然令人羞愧
站在故乡的院子，心头的卑微
让吹过的风，有了一些沉重

想到母亲的年迈，想到陪伴
我不及一株草、一寸土、一块石
让一个老人的守望变得格外平静
它们在日出时醒来，在日落后睡去
在此消彼长中，活成各自的模样

我羞愧没有它们熟悉母亲的一天

熟悉生长在这里的每一个人
仿佛我来与不来，与它们无关
这让我想到它们本身的平淡

想到在偌大的人间，爱或不爱
一块石头都会亮出坚硬，不同的是
被爱多像一种幸福的暗喻
而爱则要付出比一块石头
更坚硬的柔软，就像那些草木

浮生记

○ 我们的心本应是如此的豁朗啊

退去浮躁，在尘世的纷扰中
慢慢静下来，将会发现
正在发生的诸多美好

譬如，正途经的一片花海
噢！或许那里曾经是一片荒芜
或者，老屋前开始筑巢的燕子
而这个春天，并不比以往来得更早

又或者，曾经
深感困顿的人生
在一次次磨砺之后

转而柳暗花明

更或者，已渐渐开始懂得
去接纳和原谅
一度深为厌恶的人或事
并获得内心的宽慰和满足

如此种种，让我不得不在想
那么多的事物，装在人的心里
我们的心本应是如此的豁朗啊

只因对美好的发现，往往
仅用一双眼睛
就给各自做了定义

光合作用

○ 说到生活，我应当心存感激

照进生命的光
多通过折射表现出来
林荫间散落的
是光的另一种形式

这种别无二致的热烈
让我对一切生长之物
有了更深的见地

一树一树的叶片，密而有序
它们在人间
制造氧气和温情

让栖息的鸟，羽毛发出尖叫

我还发现，在这些叶片的鳞隙
青色缓缓向外延展的部分
以及它们渴望光的可逆性
这种渴望，多像完成生命回溯前
留给人间的印证
多像生活里，迫切需要
涌向我们的光亮

说到生活，我应当心存感激
感激那些，和叶片一样的轻薄之物
如果不是它们
我无法在一首诗里
让每一个字都布满爱意

一些抚触在骨头里

○落墨前的纸与谋生一样凝重

写下这些句子前，一抹光
抢先横于城市之上
像提前涂抹掉
日落后人间的昏聩

灰色的云，翻动
一些隐喻和真相
让我开始同情
将被丢进黑夜的白

书桌前，一弯再弯的腰身
像按捺笔尖宣泄的躁动，我承认

落墨前的纸与谋生一样凝重
让每一个字节
都增加了书写的分量

只是我不得不，常常
在这样的语境中赢取宽慰
我试想着，鱼和熊掌
兼而得之的欢愉
或者，退而求其次的保全

否则，我不知道哀伤来临时
除此之外，将该如何
从那些深信不疑文字的骨头里
抚触自己的爱和信仰

征服者

○ 你说懦弱长得极像
世间锋利的喉舌

我知道在此之前
你并非你自己
自从你信奉于你的膜拜
——像怀揣一个不可示人的秘密

你最初的血液里，充斥着
原始的无畏和鲁钝
为此，我曾千百次说服自己
为你尝试做每一次
安身立命的设想

诚然这一切充满变数和悬疑

我只是我，在你我面前
同样是无数山峰的壁立
只是你懂得比这更为坚硬的
只有你骨子里的峭拔

你说懦弱长得极像
世间锋利的喉舌
你不想落于非议，屈从附就
你将尊严高高举起
你说攀越才是你的宿命

在每一次天光破晓，不停地
像一个永不言败的征服者

月光光

○ 当时光斑驳在日渐的颠沛中

在城市中看落日
很难有极目辽阔的快感
每一条街巷、每一处楼幢
生活的神经被紧紧牵引

这听起来，让人多少有点沮丧

当时光斑驳在日渐的颠沛中
过往之事，多少已不堪提起
以至我常常在心里
对久违的故乡生出怀念

甚至有时，这种怀念
形同一道光，由内而外
将我的肉身通体照亮

就像故乡此刻的月亮
从头顶，到脚下

补　充

○ 我在一首诗里做过无数次冥想

不得不承认，回忆和向往一样负重
被时间催动的意念在电光火石之间拉伸
流年摆渡之所，姓氏像一面镜子
如水的人生，彼此映照分明

想起曾经一些抉择，像分割乱码
世事犹如对局中的棋子
被黑白左右的人生
需要在分分秒秒中反复推演

清晨与黄昏之间的勾连
我在一首诗里做过无数次冥想

从次第花开到无边落木
远方在眺望中早已铺满诗意

来吧，拿出你的虔诚作答
除此之外，其余一文不值
如果还需要额外的补充
我想，加入点时间足够

破　局

○一棵树，借黑夜修正自己的影子

你的躯体是一面醒世之墙
清晰地照出你的原形

城市之上，夕阳的去向
为人间解开生活的全部迷局
一棵树，借黑夜修正自己的影子
重新扬起自牧的高度

云朵往来舒卷，仿佛
打捞失陷世间一切的流离
视听混淆之间露出的破绽
日落之后，再一次被星月缝合

你的自渡不止谦卑，还有庸常
庸常，多晦涩且真切的修辞

此时，我正站在修辞的平面
借着风起落的高度
试着一嗓子喊出人间

生长的意象

○ 用生长去听取另一种生长的声音

当思绪与一段过往发生碰撞
像从岁月里拎出一些凝重
硬邦邦的日子，常常
将人生围得水泄不通

我知道太阳的背面一定有光
这种意象，常常让我心生希望
让我在羞赧中省于失察
以至少生一些情绪的纠绊

我深信，风无论从哪个方向吹来
它只是落在表面，眼前的苟且

才让经年不经意落入世俗的窠巢

不是吗？百味的人生毕竟不同
如果，生命是一场加减法则游戏
我只想从今算起，留头去尾
把一些曾经玩味的轻狂
封存在斑驳的青葱里

时过境迁，生长仿佛一瞬间的事情
喧嚣过后的平静，更让人懂得
用生长去听取另一种生长的声音
包括你的名字和岁月的骨骼

影子论

○ 当事物的属性，清晰于镜像的呈现

目光之外，所延展的部分
是光的若干变量形式
在不同的转换中，测及的
高低、明暗、长短、形状……
是构成规则探究的虚拟形式
当事物的属性，清晰于镜像的呈现
是光与介质的相对确立形式
譬如，一个人的模样
可以借助一面镜子，或想象
在本体之外完成还原和代偿
再譬如，一个人的影子
可以借助光，完成与自身的高度重合

由此可以照见的是，基于镜像

在这种重合中，光更像是

本体影子之外的另一个影子

岁月，像一块巨大的雕塑

○ 生活的张力在诗意和远方之间

人生如梦，想到这句话时
一切的分说流于浅白
万物超然，仿佛被置于真空之中
粗粗浅浅勾勒得云淡风轻
真真假假听来密不透风

无须置疑，一切更逼近现实
岁月化零为整，像一块巨大的水晶雕塑
世间澄明，人人各得其所

越过时间的鳞隙，虔诚厚积薄发
像一个膜拜皈依的朝圣者

时序辗转，世事纷至沓来
生活的张力在诗意和远方之间
被时间不停地拉伸

浮世之上，想到一些妥协和无奈
我愿用一整夜的默念，在黎明时
致一个除了用脚，还用
尊严和文字赶路的人

贴上标签的事物

○ 没有一种事物是孤立存在的

在昨天，我想将坚持打包在岁月中
一式两份，一份寄给曾经的自己
另一份寄给远方和明天
因此，在明天之前必须了却

来不及梳理零乱，一束光
便已刺向夜的逼仄
窗棂之外，世事重新分割
每一份都贴上对应的标签，等候认领

来不及细细打量青春
只好将流年收进时光的万花筒

这样，可以在接下来任何时候
都能翻阅到生命里曾经的感动

没有一种事物是孤立存在的
因此，每个人都学会了安放与妥协
就像我的文字，我只妥协于它
和从中得到的所有快乐

晨昏交织，在丢失的时光里
只有一种东西萦绕于心
那便是生命中的信仰
这种信仰，让人不由捧出热爱

阳光每天都高出人间

○ 浮动的隐喻
仿佛时间一个响亮的回声

时分向晚，阳光不温不火
恍如一场虚假的庆贺，由此铺开
楼峰凸起，呼应远山峭拔的姿势
只是目光不能再向后

诸事成谜，被挡在角檐之外
仿佛一场巨大的混沌
光线间，浮动的隐喻
仿佛时间一个响亮的回声

阳光继续向山顶爬升
每高一寸，人间也高一寸

渐渐地，苍旻之下
一切眼前浮生的苟且
同风烟生硬的侵蚀
暂时被休止于一墙之隔

一盏烟火

○ 让我在一盏烟火中，看见风轻云淡

用力扯下一片目光，掷向窗外
看啊，被瞬间点亮的星球
满天散开的璀璨，正是
人间升腾的一盏盏烟火
在时光的边缘，你触摸到了吗

人生，这个难解的命题
在人类夜以继日的奔赴中
是不是被一颗滑落的流星
轻易就给出了答案

一下子，我们奔赴未知的速度

仿佛一场盛大的虚空
让这一刻的窗外，变得无比宁静

让我在一盏烟火中，看见风轻云淡
看见肃重的月色中
一个无用的人，正在
聆听夜与大地的撕咬

我只想用善意打破它

○ 面对那些不怀善意的伪装

这个世界
会伪装的人不算少
我并没有因此去憎恨

或许
他们的伪装是因为痛苦　屈辱
或许
他们觉得不应面带多余的悲伤

他们只是想
在人前呈现最好的一面

面对那些不怀善意的伪装
我只想
用我的善意打破它

求　　证

○ 在时间面前，价值本身并不等量

所走过的每一步
都是用生命在刻写符号
把这些符号加在一起
得出的便是生命分量的总和

如果就价值而言，还需精心甄别
去皮，过滤，沉淀，剔除杂质
如果有水分，还需晾干
直到结果满意为止

在时间面前，价值本身并不等量
像无可复制的生命个体

对于每个个体而言，这一特性
在价值体现中往往被忽略不计

时间抛出无数诱惑
不觉让追逐的人陷入其中
为了求证走出的每一步
我只有反复甄别，以求慎重

暗　示

○一些事，在日落之前露出端倪

夜幕低垂，人间灯火渐起
一些事，在日落之前露出端倪
一些事，仿佛只有这样
在接受之前，事先需要在心里生出暗示

草木荣枯，每一寸光阴里都流动悲悯
我看见一片一片的叶子
曾缀满了和今晚一样的月光

这一刻，清冷寂静的街头
让我不得不搁置一些未决的事
让远近错综的楼群，再次吞没我

让街角挤过来的风贴近我，抚拭我

让我在一片仰望的月光里
照见内心的暗示

因碎裂生出一些怀念

○ 是不是只要躲进更深的深夜之中
　 就可以完全避开一场碎裂

记得，在一个夜晚
从云头洒落的月光
和流年一样，在指尖上
碎裂得格外清晰

只是，那时我还年轻
不知道哀伤是不是一道影子
是不是只要躲进更深的深夜之中
就可以完全避开一场碎裂

直到后来，有了更多的哀伤
我开始怀念那片月光

怀念那个夜晚
怀念那些年曾经的恍惚

怀念一些怀念……

具象的定义

○ 我总是试图从他们的经过中
　　寻找一些蛛丝马迹

当流年再一次收紧
面对秋熟过后的平静
和天空铺出的辽阔与深邃
我怎能不作深情的仰望

街上来往的行人，行色匆匆
他们总是各自怀揣心事
把一个个黄昏送入黎明
又将自己搬进一个个黄昏

我总是试图从他们的经过中
寻找一些蛛丝马迹

像寻找遗失在时间角落的答案
以此来参详和照见纷乱的人生

如果我不作仰望，我怎会
在旷大的平静中获得宽慰
并在一张轻薄的纸上
坦然完成接近具象的书写

安之若素

○ 我愿为一些事重新做个了结

如果，时间可以回流
我想重新和昨天一一道别
那些隐约的、清晰的
那些忧伤的、欢喜的
那些记住的、忘掉的
所有和生活有关的
我愿为一些事重新做个了结
我愿把生性的鲁钝和草率
尘封在人间烟火的深处
我愿做一个低调且有趣的人
把幸运和不堪一并接纳
我愿墨守成规，秘而不宣

面对你，我会一不小心
捧出骨头和赤诚，也会
在已来和未来，安之若素

风雨欲来

○夜色如磐，拨亮人间灯火

多少年，深信雨
一直附着于时光的影子
地心，一座庞大的烟火之城
万物幽暗之灵，混沌于黑白

地平线上，风雨相加
皇帝新装里的童言无忌，再无人提起
人性的亢奋，在晦涩的粉饰中
一路长歌未歇

只有雨自顾落下来，深深浅浅
让城市的喧嚣无从遮拦

夜色如磐，拨亮人间灯火
闪耀之中，酸甜苦乐如数现形

谁会想到，人生的轮廓
也由此变得愈发分明起来

思　考

○ 现实的部分或许来得更为真切

夜，让寂静找到支点
窗棂外的光都被寂静包围着
冷冽也是，一切寂静得不可言说

这种寂静让人有足够的思考
这种思考不涉及星辰的遥远
也不涉及山川　河流　树木　花草
还不涉及四季的风烟

浮世过于广袤，因此
我的思考，不可能一一触及
现实的部分或许来得更为真切

恰如此时，我发现一道光
正试图击穿夜的深邃

某个早晨

○ 逝者如斯夫，不舍昼夜

六点的早晨，城东头
阳光穿透窗户
逼近一个慵懒的躯体

清脆的号子，像一抹重彩
从部队练兵场涂抹出
一幅壮阔的图景

听着街市上，行人
逐渐浮起的嘈杂
我一边从床上爬起
一边心里默念

逝者如斯夫，不舍昼夜
一万年太久，只争朝夕

大雪日自白

○ 那些依山的草木，是幸福的

因为有一片空白
我把仰望归还给天空
云朵雕刻出的蔚蓝
足可抚平每颗星辰的忧伤

一目之外，无边的辽阔
让每一座山峰都矮出几分
让一只鸟，在倔强的翅膀里
扇动出飞行的曲折

那些依山的草木，是幸福的
尽管它们也会遭风雨盘剥

一场雪散尽之后，它们仍将
交出一个个绚烂的春天

还担心什么呢？这人间
一切必定归于原本的样子
从现在起，学着做个无用的人
阳光袭来，万物如此认真

每个人都是诗人

○我是一个说出了每个人都是诗人的人

每个人都是诗人
每个人都是纯粹的诗人
每个人都是特立独行的诗人
每个人都是情感丰富多彩的诗人
每个人都是对生活有独特见解的诗人
每个人都是大千世界中无可复制的诗人
每个人都是不止眼前苟且且心怀远方的诗人

我是一个说出了每个人都是诗人的人

悲悯即人间

有关表述

○黑夜在降临之前，每个人
　不得不俯下身子

越来越谨慎地谈起文字
怕一出口，不小心就伤及风雅
越来越喜欢，用平淡的语调
这种语调，适合一个中年男人的表述

至于远方，那是远方的事
像诗人笔下的魔咒
我见过那些为此痴迷的人
他们是那么轻易就坠入孤独

他们甚至佯装从中获得满足
并为守住那份满足

像守住高贵一样
在透风的谎言里自导自演

我常常在想，还有什么
比灵魂更为庸俗，轻易
就将人分出卑微和尊贵

让黑夜在降临之前，每个人
不得不俯下身子
在空空的人世间制造纷乱

像在粮油店前，我遇见那个
谩骂米价高了又高的人

腊八日记

○ 想借一碗粥与它们分食……

北风剥蚀过的荒野，注定
无法留住一只迁徙的鸟
于是不得不深入，更深的荒野

在大雪来临之前，你至少
听到过一只鸟，飞过头顶时
发出的哀鸣，看到过
荒草利刃般，刺穿落日的身形

只是那时的天空
明澈而高远，那时的我
尚无法理解它们

像无法理解一群蚂蚁
往复穿行，一次次扛起
比躯体更大的食物
运抵一个赖以生存的洞穴

想到这些，我是羞愧的
我无法从它们的恐慌中
想象出它们面对生活时的
艰辛与弱小

时至今日，我仍心存羞愧
那是由一个节日的命名，突然想起
想借一碗粥与它们分食……

一些事物的鲜活令人猝不及防

○ 多好的微笑，让我的打量不由仔细起来

一场雪与一场雪之间
一个冬天的萧索，被草木不断拉伸
公园，像一处被遗弃的荒凉之所
如果不是顺着光，我不会注意到
一尊雕像，正冲我发出微笑

多好的意外，我无数次打此地经过
多好的微笑，让我的打量不由仔细起来
多好的微笑，让我的驻足丝毫不加迟疑

阳光缓缓流动
从雕像青灰色的裂纹里

我看见，一个中年男子
深藏的隐痛

只是，他始终保持微笑的姿态
让我不禁想到，塑造他的那个人
一定拥有和他脸上一样的神情
一定内心装满了无比善意
一定对一块石头生出了敬畏

才会接下来，让看到他的人
在经过时，忍不住动了恻隐之心

在一棵没落的树前，他端坐成风景

○ 他显然可以让我
有更多更生动的描摹

令人常常遗憾的是，一些生命
最终无法抵达每一个春天
这让原本草木繁盛的季节
在一棵没落之树的躯体里
生出丝丝荒凉之感

鸟鸣伏在公园四周，沿着细碎的风
将一位老人的一生，刻画得入木三分
仿佛眼前那棵树里
有他流走和羁绊的时光
不然那所剩的腐朽和枯槁
不足以让他取出眼中的深情

我不敢去揣测，老人脸上的神色
是哀叹、忧惧、困顿，抑或……
我想：最好这些都不是
我多愿他，仅为那些
努力开出明艳的花儿而来
为起舞的蝴蝶、喷发的葱绿
以及热烈的阳光

他显然可以让我
有更多更生动的描摹
像其他来到这里的每一个人
我知道这种短暂的相遇，无法
让我去向他探明根由，就如同
我无法去探明那棵树的一生

但我还是觉得
他的出现和他的身形
在我驻足的那一刻
已然端坐成风景

Ⅲ

○他们每个人都发着光
　像取出身子里的虚空

　　　　时间，虚空的影子
　　　　一面凹镜，形成巨大
　　　　镜中的一切容物
　　　　有生活在其中的人
　　　　他们都于其中各取所需
　　　　像取回身子里的虚空
　　　　他们每个人都发着光
　　　　像取出身子里的虚空
　　　　时间并不言语，静静地
　　　　看他们相爱相杀，此消彼长
　　　　看他们从中获取他们需要的东西
　　　　看他们把他们还给他们
　　　　比任何时候更接近虚空

当另一片叶子做出降落的姿势

○ 我看见秋天真正的样子——

如果说，人与自然的感知是相通的
我想我已从中得到印证
一切陷落于时序的更迭中
在各自筑起的围城里上演扮相

如果，一个人
可以从万物中看见悲悯
生命的感念和体悟将是巨大的
这让我不禁想到秋天

一道道岁月被风打磨，再打磨
像磨平四季埋于躯体的脉络

秋天是四季的一个孩子
而我们则像是秋天的孩子

当另一片叶子做出降落的姿势
我看见秋天真正的样子——
一对低垂被淘干汁液的乳房

相

○ 他们有你无法想象的一切可能

世间的生灵，止于敬畏

包括一尊被雕塑的石头

异于寻常的风骨

让他们独立于尘俗之外

他们的安身立命如此不动声色

于是，我将视角放大来看

他们有你无法想象的一切可能

他们根本不需要赞美

更不需要人间烟火的温养

他们能长成他们想长成的样子

倒是我，为了讨好生活

有时不得不用粉饰的头颅

为人间的一个谎言下跪

一只鸟的出现

○ 降落，只是另一种姿态

我曾清晰地看见
一只受伤的鸟，在黑夜
在城市上空穿过，星星
释放出忧郁的信号

月光漫过来，像生出的抚慰
相对而言，黑夜隐秘而深沉
毕竟，在一片羽毛的坠落之地
悲悯让大山愈发凝重

还有密林，更利于逃亡
面对逃亡，抗拒被本能迅速放大

一边，标榜的大义被精确反写
另一边，滋生的丑陋破茧而出

而降落，只是另一种姿态
这貌似极简的一个动作
让生命存续有了相持的平衡

如果，不是一只鸟的出现
对黑夜的理解将只限于窥视

尘　埃

○它们高过屋顶，高过大地和山峰

一粒尘埃，小到不能再小
遍布在旷野，在城市或乡村
它们高过屋顶，高过大地和山峰
高过那些深深仰望天空的人

鸟声昼出夜伏，惊散流云
暴露出有关生活的全部秘密
于是，一组名为流年的词语
在十指相扣的手心里被反复研磨

多少年，冷的热的风从世外吹来
制造避而不及的纷乱和张皇

以此来呼应众生既定的宿命

而那些久久在空气中悬浮的尘埃
它们散了又聚，去了又来
在有光照的地方退去卑微

街市上的人沐风而行，且聚且散
各自捧着光走在人间
像走进又走出眼里的零乱

救　赎

○ 大山的背后，黎明正在
等待一场救赎

在黑夜降临之前
有谁会知道，从山顶
一粒微尘不慎跌落人间

被风切割过的岩石
在灰色的预谋中
早已乱了方寸

地平线上，血色的流云
相互对峙，我看见
一只沿山顶盘旋的秃鹰
最终做出向下俯冲的姿势

夕阳渐渐沉没
接下来，黑夜成为
一切生灵的避难所

大山的背后，黎明正在
等待一场救赎
一株狗尾草和我

如果黑夜可以再黑一些

○ 远处的光，径直刺向夜的逼仄

一只鸟从眼前落入深寂
远处的光，径直刺向夜的逼仄
像逃离罪恶的囚徒，窗棂之外
时间把一切混沌放生

看这头顶，星星是夜的精灵
它们相继结伴在云中穿行
它们并不孤独，它们把自己照亮
也照亮这浮世的苍茫

来吧！趁着这黑夜的黑
来一场风花雪月的对饮

让忧郁随同手中高举的酒杯
醉倒成一地的月光

如果，黑夜可以再黑一些

囊中之物

○ 皮囊之下，不便轻易取出的东西

你的骨头，它还好吗
皮囊之下，不便轻易取出的东西
皮囊，一面骨头之外的墙
不。是一道封印
在封印的城堡里，你可安心住下
在佛堂前虔诚跪拜的人
佛堂是他们皮骨之外的墙
一棵树，长在山里或城里
同样都是极其无辜的
它们那样笔挺，枝节参天
天空是不是它们的墙
我常常看见它们的皮会被剥开
大地如此仁慈
是谁想剔取它们的骨头

从黑夜走向黑夜

○ 当清晨第一声鸟鸣还来得喑哑

太阳从黑夜出发，走向黑夜
那些追赶它的人
乔装成夜的随从，一路向东
越过整夜整夜的黑

看看他们的神色，我知道
他们一定有和我同样的忧惧
硬生生用卑微擦出的光亮
照映出身世的暗伤

他们的步履要比星星坚硬
当庸常还被锁在古铜色的钟盘里
当清晨第一声鸟鸣还来得喑哑

发现人间第一缕光的他们
像赶来揭开一个又一个秘密

像打破黎明时分的禁忌
窗外蝉声四起，秋天降临

蜗牛说

○ 面对生活，我想我还不够热烈

必然丢弃的，索性无谓而彻底
在此之前，一切似乎牢不可破
又似乎没有比怨叹的噱头
更需要找到一个坚硬的出口
既往的或正受着的，无非
要用一些苦楚来证明爱或不爱
由此多出的艰难和隐忍，诚然
在你蜷缩的躯壳里，让人未加多想
就从心底汩汩流出悲悯
诚如你无法不在一个接一个
此起彼伏的早晨，去安排
自己一生拥挤的宿命

你背负如此深重，你多需要
用更缓慢的脚程来完成你的跋涉
面对生活，我想我还不够热烈
我还会在一碗酒里喝出忧伤
还会时不时惊羡于你高扬的触角
如果，这些都还不够明确
那么，我愿用无比高贵的言语
为你抵御一身的负重

秋天，仿佛交出自己

○仿佛是由一片叶子
知道了关于人间的一些秘密

春来，花开
秋来，叶凋
此起彼伏的荣枯，是四季
与人生深情的交错

对于这种交错，深信绝非偶然
诚如，每一次生出喟叹之前
无不能在这种交错的缝隙中
找到被岁月折叠的印记

这或许就是悲欢离合的起源吧
让生命的领悟，在每一个点上

被时分打磨得格外清晰
仿佛是由一片叶子
知道了关于人间的一些秘密

如果，你走过郊外的秋天
可从那种高远和恬静中
照见一些肃寥和心生悲悯的你
让你在对这些土地心生敬畏之时
仿佛也交出了你自己

接　受

○ 当人类的隐痛在神经里发酵

当报晓的雄鸡
从黑夜中拯救出一个黎明
像新拯救出一个自己
去接受昨日的哀伤和欢喜

我知道面对哀伤
是一件极其隐忍的事
而接受则是另外一件事
包括每一个面对它的人

踞守在黑夜里的猫头鹰
仿佛是另一个星球的物种

没有谁能像它一样
用一整夜，来倒置深沉

当人类的隐痛在神经里发酵
没有一条能从黑暗里逃遁

因此，我不得不学会
在更深的深邃袭来之时
从日出日落之间接受

从想象中剥离出来

○ 理智与冲动在对峙中剑拔弩张

当一些既定的事实
以不加掩饰的形态被全盘托出
就像拂去附着物体表面的灰尘
背后的真相令人难以置信

当想象在一些想象中被剥离
理智与冲动在对峙中剑拔弩张
一切原本的荒诞，碎裂开来
让人在审视中重新完成自我构塑

不要去给事物做太多假设
就像风碾向万物的不确定性

就像在生存法则中，那些
学会选择求同存异的人
他们常常看见了事物本身

对于事物之间的所有关联
就属性而言，就真相而言
尽管有时存在剥离上的疼痛
但绝不能因此迷失于想象

风贴着秋天的事物

○ 高处的云，以俯冲的姿态
在向大地投掷悲悯

风贴着秋天的事物
天空不可拔得再高
高处的云，以俯冲的姿态
在向大地投掷悲悯

一只鸟，从远地飞来
羽翼间落满沿途的风尘
在一棵盘根错节的老树上
为自己记录下跋涉的脚程

高林的两侧
时光正在交会

远山泄露的密码
被一块凸起的岩石重置

此时，在我站立的脚下
四季的神经
让一片叶子与之呼应

有雨落下

○ 如果有雨落下，悲悯就会低垂

喜欢它的降临
不及喜欢它的热烈
就如昨日黄昏落下的那场
贴着沉沉的暮色
宣泄是如此决然和纯粹

天空的奇瑰尽在于此
四序明朗，让万物的轮廓
都能在一场雨里找到修辞

当漫漶在黑夜急剧膨胀
生长成为极其艰难的事情

一些醍醐灌顶的觉知
往往得益于这及时而来的雨

时光划过指尖，阵痛
像一只鸟擦出岁月的皲裂
在一尊佛像的头顶升起悲悯
如果有雨落下，悲悯就会低垂
重新照耀这世间的众生

如果有雨落下，如果在暗夜
一定还会有一些深刻
像用灵魂虔诚滋养出的文字

事物的骨骼

○ 它们不得不拿出它们的"软弱"

北风凛冽，所到之处
秋日的光景被洗劫一空
仿佛，只有这样
冬天才可完全盘踞自己的领地

萧瑟是这个季节最显著的特征
万物被雕刻得只剩下骨骼
仿佛这一切早有预谋
让过往的行人，都唏嘘不已

还有一些更小的事物
它们不得不拿出它们的"软弱"

来和一个冬天进行对峙

就在不远处，我看见
几株瘦小的塔松
正酝酿与雪的一场邂逅

暗　潮

○让一朵云重新调整姿态

阳光倾泻而至

在一个午后，闪电般

扑向人间的虚妄和诡谲

囿于幽暗的灵性，破茧而出

须臾间，一切天衣无缝的假象被洞穿

荒诞逆流而上（叵测的人性）

无知和伪善，在一句佛号声中

开始洗髓易筋，那些曾经

试图用来粉饰太平的词语

随嘴角泛起的光，慢慢走调

就连念念有词的忏悔

也一时间生出动人之美
该怎么形容这种无耻呢
竟让一朵云重新调整姿态
堕落成一根拯救浮生的稻草

因果关系

○ 你会发现，这人间
需要垂怜的太多

掰开冗杂的尘事
试着放入一颗宽厚之心
你会发现，这人间
需要垂怜的太多

将人性和名利
搁置在天平的两端
将时间设为平衡的支点
接下来，你可以
做千万种假设
以此来定义美丑的边界

不过，丰饶的人生
远不止于此
人不是一个单纯的物种
除了自身，还应有悲悯
那是流俗侵蚀之时
一道天然的自我防御屏障

请不要装作或心存
对悲悯不屑一顾
因为，一念之间
便已生出了因果

此时此刻

○一切的抒情已显滞后

此时此刻，想写一首诗
与雪花无关，与圣诞无关
与被白色洇染的苍茫无关

当生活不止眼前的苟且之时
一切的抒情已显滞后
像是季节遗落的晦涩及荒芜

时光在原地打转，一墙之外
明暗交错的浮生之术
在汹涌的涡流中

激起无数粉墨人生的虚拟

偌大的星球上，此刻
我看到诸多虚无……

晨昏间的隐喻

○ *爱恨像一枚枚楔子*

很多时候，一些非分之想
在与思维的逆向中构成
这些意象或多或少，随时间
在占据生命部分均得以明朗

四季的风，沿城市的街角
吹起诸多的悲欢，山河起伏
掩映在俗世的浮光中
层层铺展出不可名状的隐喻

晨昏咬合，如蛛网般密实
昨日被精准镂刻，无一例外

对于曾经的厚此薄彼
爱恨像一枚枚楔子
深深嵌入记忆的罅隙

现在想来，所谓的非分之想
无外乎是一种欲望的自我平衡之术
相比生命本质，它的分量
微乎其微　如一粒纤尘

叶

○ 每一片叶子都是深含悲悯的

一片叶子被风扯下
无数片叶子被扯下
断裂之处，相信
每一片叶子都是深含悲悯的

秋天的话题，从不曾休止
只是有多少人清楚
有关一片叶子的外观　脉络　气息
乃至它的枯黄　凋落过程

面对这些，我是无助的
我无法去拯救它们的鲜活

正如此时，离我咫尺之遥
一片叶子，用忧伤的语调
正在讲述它的一生

难得动情处

一元复始

○ 一些事物在春风抵达之前

必定无法阻挡，一只蚂蚁
对春天抛出的热爱
也必定无法阻挡，一树花木
一场春雨，即将孕育的热烈
和那因一串串灯笼串起的
一个关于对节日的修辞

一些事物在春风抵达之前
需要用一声清脆的鸟鸣来唤醒
需要用灯笼熟透的火红来唤醒

同样，在确信这些之前

先要把寄予来年的祝福
在蜡染的宣纸上认真写好
并以对仗的形式，张贴到
院子的门楣，墙壁和角落

接下来，举杯相庆、走亲访友……
并用持续一周的时间
以示对一个节日的尊重和盛大

春　雪

○悬而未决的事物此消彼长

以时光为轴，展开一场
以文字记录的盛大
每一字所关联的信号，让我知道
至少，这让生活从未掩饰

诸多的裹挟，过于密实
让忽然而至的意象常常被搁置
不是这一场雪，圣洁之白
不足以让我生出豁朗与欢喜

悬而未决的事物此消彼长
一半像被雪白浸染后的褶痕

一半像被风霜剥蚀过的石头
在突起的疼痛中寻求自渡

春天里，如期拔节的事物
你的我的，如影随形
像感知于赞美之下的细微
一切随美好发出声响

红的，白的

○ 世间所有的扑朔迷离
　　在一墙之外，统统被还原

一些感动，如期而至
我喜欢这些雪留下的白
像喜欢每一个春天
只有这白，才会
将春天完全打开

世间所有的扑朔迷离
在一墙之外，统统被还原
总是来不及
去捕捉这白的深意
春风就像一道闪电
划过记忆，扬长而去

烟火之中散落的
熙熙攘攘和鸡零狗碎
被一指流年重新
捡拾、分割、炮制……

只有不动声色的街道上
尚未散尽的节日余温
还在这棵树与那棵树之间
被一串串红灯笼拉伸

惊蛰遇上填仓节

○它们并不比想象中更为哀伤

这一天，我选择相信
曾经与正在发生的一切
正如相信这春天，能带给
一截枯木蓬勃与好运

我见过许多
因寒冷而蛰居的生灵
它们并不比想象中更为哀伤
那些低处的生命，仿佛懂得
用弱小来触摸和获取
世间冷暖的讯息

相比一块崖石、一座山峰
以及类比的其他事物
我仅局限从外形
去叹服其坚韧或高大

还有一些藏于暗处，甚为动人的
像藏在三月中，那些红红绿绿
和尾随春风而至的其他秘密
都会为一声清脆的莺啼不攻自破

想到这些，我愿为这一天
写一首诗，以祈愿之名
祈愿所有的人，认识不认识的
一生丰衣足食、福禄绵绵

用一首诗唱和春天

○ 当万物以挺拔的姿态与我照会

当时分拨开新一轮的岁序
一切是那样崭新如斯
一个节日的余温
串起另一个节日的余温

它们的串联就像一个个故事
让我们在寻味之时
在触及每一个情节之时
生发出不一样的嗟叹或感动

走在旷远的明澈之中，凝望
天空像着了色，如此之蓝

仿佛为新的故事开始铺陈
让一种心境在此刻为之酝酿

当万物以挺拔的姿态与我照会
我不能装作若无其事
像往常一样，在风吹向我时
我用一首诗唱和春天

被时节扯住的哀伤

○ 想起那些年故乡的桃花
　在父亲脸上开出的鲜活

一层窗户纸，被一个时节捅破
思念便挤进来，窄小的心房
在这一天轻易被塞满

想起那些年故乡的桃花
在父亲脸上开出的鲜活
就想起，那些同父亲一样
在这个世间走失的人
他们是那样让人轻易就坠入哀伤

这一天，在世间行走的人
他们努力想象生命原本的样子

以及那些曾以为唾手可得的快乐
想象子欲养而亲不待的悲凉
并试图用一束花
来掩饰内心情绪的泛滥

而我的惶恐，极像一个做错事的孩子
在一抔黄土前，恭敬地跪拜
并酹酒三杯，以示谢罪

春风辞

○当云朵从千里之外捎来讯息

在和春风对坐的当头
备一碗烈酒，外加纸笔
当云朵从千里之外捎来讯息
心头的迫切遂跃然而至

还有那些喜不自禁的主们
它们以风情万种的姿态夹道相迎
燕啭莺啼清晰地挂在树梢
在亟待修辞的酝酿里传递热烈

从山郭到旷野，从陌上到庭园
用心打量关于春天的每一件事物

从日出到日暮，从红肥到绿瘦
它们认真的样子别无二致

写一首诗吧！在夏天到来之前
如果尚可，用先前备好的酒
无论酣醉与否，一道同我
回敬这个春天

向左或向右

○ 它们能将流浪的翅膀，插进闪电之间

向左或向右的人生
都不及一只鸟扇动翅膀的确定性
选择黎明时在一棵树上起飞
还是日落时在稻草人的肩膀上歇脚
都具有一定的戏剧性

想起在乡下的稻田
那些鸟就是一方天地的宿主
它们叩谢被啄食过的稻子
叩谢庄稼人被落日拉弯的身影
叩谢天空、大地，以及满山谷的风

在城市，它们持有这样的特性
它们能将流浪的翅膀，插进闪电之间

当一只鸟从暮色中穿过
当我由它的飞离想到姿态这个词时
我需要用坚定的口吻讲出
这样听起来更接近生动

三月的秘密

○ 只能以故乡的名义，风雨兼程

当山岭上的桃花
开出一树一树的热烈
三月的筋骨开始疯长
鼓噪的风，拍打着春的身体
抽出一道道红的、黄的、绿的旖旎

故乡，昔日懵懂的少年
再无一场与春的邂逅
那一草一木、一朝一夕
都被滞留在那些年如水的时光

阶前那株硕壮的桃树，前生

被一群途经的蚂蚁说出真相
年迈的老槐，所剩的芬芳
已不足供养一只蜜蜂

就连大山的娟秀，都
模糊在眺望的荒芜里
就这样，乡愁在记忆中渐渐拔高

至此，我只能在这个季节回望
只能在踟蹰中搜寻春的讯息
只能以故乡的名义，风雨兼程
在流浪中探访关于三月的秘密

一些被还原的事物

○ 当桃花红遇上了杏花白

在浩大的春风中展开叙述
不得不让我的矜持也动摇起来
当桃花红遇上了杏花白
任何关于颜色的修辞尽显俗不可耐

没有一种表述更为贴切
烟花三月,为守一场与风的约定
我不惜让记忆清零,一切从头
因这春天,有一些被还原的事物

在搜寻中让意象的特质得以延展
想象一片云朵、一枚叶子

以及一只蚂蚁挑动触须时
它们那温柔以待春天的模样

让喧嚣起止于喧嚣
让寂静起止于寂静
让每一个竞相不息的生灵
重新为季节这个词命名

这一天，写母亲

○ 我从不怀疑花儿的美艳
　给人所带来的愉悦

一束束花，躺在花店里
因一个节日的命名
被店主人精心
炮制成爱的模样
在这一天，大量完成兜售

仿佛只有这样，才算是爱了
又仿佛这样，才算是得到了爱
我从不怀疑花儿的美艳
给人所带来的愉悦
毕竟很少有不喜欢花的女人

我只是想说：关于母亲
从您那儿，我们得到了很多
如果，我们做得还并不够好
也不要让"母亲节快乐"
在这一天，成为粉饰爱的谎言

顺祝天下所有母亲
节日快乐，天天快乐

一些爱像星星

○ 那片土，在您站立过的地方

如果，星星是您的眼睛
相信已经看见
那被黑夜硬生生扯住的忧伤
还挂在门前的老槐树上

多少年，树上的鹊窝越积越厚
从树上飞出的幼鸟
想必羽翼该丰满了吧
还有那些叫不出名儿的鸟
我总会时不时想起它们
午后，或许它们还会飞来
在枝丫上稍作歇息，又各自飞走

如果，星星是您的眼睛

相信您能看见

并从飞行中认出它们

而我，只有把一些关于您的记忆

清晰在它们的鸣叫中

仿佛就找回这些年

我们走散的音讯

我试图在许多这样的辗转中

把一位父亲的样子

想得更具体一些

却害怕您像认出那些鸟一样

害怕更深的寒夜向它们袭来

如果，星星是您的眼睛

相信一定会看见

那片土，在您站立过的地方

老槐树也站立成您暮年时的样子

而我，在想到这些时
竟深深自责，没有
比一棵树更懂您的一生

爱情公式

○ 当爱情与玫瑰的等式再次成立

当爱与不爱狭路相逢
当花前月下的盟约被漂白
当爱情与玫瑰的等式再次成立
七夕，这一天
来得如此契合时宜

看那咖啡馆、电影院的门楣上
缀满了深情如许的告白
身体俨然一个情感的器皿
只要时机成熟，便会零存整取

鲜花、巧克力被售罄

随处可见的甜蜜此起彼伏
爱情仿佛一下子
在一个节日的庆贺中得以正名

不信你看，在烛光制造的温馨里
粗狂与羞涩也会握手言和（即便是暂时的）
在他（她）们的眉尖与嘴角
定会扬起一个个浪漫

以父亲的名义

○ 您的爱如同暖阳
我只是被爱炙烤的孩子

父亲,永远的大山
这一生注定,我只需仰望
您的爱如同暖阳
我只是被爱炙烤的孩子

您为我把悲苦举过头顶
如同我将一生
与自己孩子的捆绑
彼此都以父亲的名义
做了能做的一切

时至今日，我卑微的
只有在一张单薄的纸上
写下几句感同身受的话
为您，也为我

七　夕

○葡萄树下，你一定听到了什么

一根簪子拨动的风波

在喜鹊的羽毛里留下蛛丝马迹

让生动的故事说了又说

人间溢出的相思太盛

让天上的白云轻了又轻

两颗星，在头顶擦出爱情

看到了吗　今夜天空的主场

已装不下多余的月光

葡萄树下，你一定听到了什么
否则，不会在这一天
从手心玫瑰的馨香里
捧出你心底的名字

人间好时节

○ 我走过母亲的心头
正如母亲走过我的岁月

只因康乃馨浓郁的香气
所有的美好聚拢而来
看，时光在母亲的发髻上
随记忆闪动爱意和芬芳

我走过母亲的心头
正如母亲走过我的岁月
那点点滴滴的回忆
可以吟成多少华美的诗句

关于爱的伟大，欣喜
有这样一个节日

让我把心底的情愫
在这个季节随绚烂一起打开

想到母爱的深沉
我想用身体精心包裹
把那些深沉一一打入心底
余生，不会丢失

落叶，是一场盛大的告别

○ 譬如落叶，有什么可以留住它们

叶，是树的一种形式

诗，是生活的一种形式

这一刻，目光是我的形式

我看见阳光那么热烈，反复摩挲

不能排除，在枝丫上做最后的拯救

我不知道，那些决定远行的人或物

譬如落叶，有什么可以留住它们

还有那些已经在路上的，风是否

已经透露给它们落日的去向

以及那些曾经挽留过它们的人

山的那头，另一场风轻云淡悄悄展开

毕竟走在秋风里的人，不久还会看见
那浩大的金黄，再一次缀满人间
像重复着盛大的告别

轨　迹

○画一个同心圆
以爱为轴

掬一把清风
搓成线
系在岁月的两端
一头是太阳
一头是月亮

在太阳和月亮之间
画一个同心圆
以爱为轴
一个是你
另一个是明天

立冬辞

○这一夜，谈起风月的人
　想必有和夜一样的孤独

冷冽，终归擦破城市的边角
一个秘密，闪动在灯火里
这一夜，谈起风月的人
想必有和夜一样的孤独

秋风之末，季节填写的落款
暴露在落叶的脉纹里，一卷再卷
与昨天有关的想象，和今天一样
在经年的罅隙里，依样有迹可循
像陈旧伤疤下湮没的潦草

这一夜，在浩大无比的人间
面对热爱，我依然奋不顾身

在爱与被爱的人间

○ 故事里的人将它们一次次捧出

一束束玫瑰，顶着爱的名义
被店主人修剪、包装、兜售
它们被赋予神圣的使命
一时间，它们仿佛见证了伟大的爱情

在爱与被爱的人世间
没有一种东西比它们更为纯粹
无论生长、裁剪或是遭遗弃
美好的寓意，都是它们一生的主题

爱情的故事轮番上演
故事里的人将它们一次次捧出

无论真心或假意，不变的
是它们从未或缺的颜色

记住这赋予爱的色彩吧
如果幸福需要仪式加码
我想，生活不应只这一个节日

一些光一直亮着

○ 恭敬地从心底捧出一些感念与伟大

在云朵的舒卷变得徐缓之时
星星之间的距离开始紧密
它们按部就班，像从谁家屋顶
升起的月色一样认真

四周越来越静寂，林立的楼幢
借霓光的闪烁，雕刻出夜的轮廓
黑色调在不断铺开的巨大里
将人间描摹得清晰而生动

隔壁邻居的孩子，想必已经安睡
他的父母拥有同样娴熟的技法

能将这人世最初稚嫩的哭闹
抚慰成一张脸上熟透的光明

因为一个称呼，和其他父母一样
他们还拥有一生所爱的辽阔
让被爱的人总能获得幸福和平静
想到这里，我不得不一字一顿
恭敬地从心底捧出一些感念与伟大

像亮出一个从未示人的胎记

有一种爱一定要说出

——谨寄天下母亲

○ 在爱的表达上，我羞于我的生涩

在一些因爱而命名的节日中
有一种，无须任何的煽情
每每想起，就让人热泪盈眶

五月，有一种爱一定要说出
像炽热如火的油菜花
像芳香沁脾的康乃馨
没有比它们更适合铺陈的贴切

老屋前，泛黄的过往如数家珍
文字俨然载不动母亲如今的羸弱
被时光漂白的每一根发丝

一次次在我心底生出褶皱

在爱的表达上，我羞于我的生涩
我知道，无论用任何辞藻
也难写尽一位母亲大爱之万一

所以，我还是用一首诗的方式
送出内心深深的祝福
而并非把一位母亲所做的一切
视作一种感念，只在这一天提及

关于爱情

○ 海枯石烂无非只是一个引子

我看见那么多的人
在急切中等待，等待一场
盛大开启的铺垫
去迎接一个有关于爱情的亘古传说

一直以来，尽管认为这只是一个传说
如今，我宁愿相信这是真的
毕竟，碍于世间的太多悲苦
它终归演绎了刻骨的人性之美

此刻，我想我是认真的
当一只只喜鹊不远万里赶来

相互庆贺这场爱情的伟大之时
我就知道，海枯石烂无非只是一个引子

此刻，我看到了爱情疯长的模样
空气中燃烧的荷尔蒙
让一向在表白前揶揄的我
也禁不住脱口喊出那三个字

这一刻，星星是黑夜抛出的铭牌
等待世人各自认领

九月，恕我直言

○而一片落叶，却用轻薄
　　撬动了土地的丰稔

时光切入的姿势，极像生长
与云的舒卷无关，与角度无关
像穿过任何季节一样热烈
九月，请恕我直言

秋风匍匐，开始"蓄谋"
一场季节的盛宴
对于紧随其后的萧索，我愿闻其详
以及与其的关联（包括一只鸟的归宿）

没有人会轻易记住一棵树

哪怕影子被紧紧钉在墙上
而一片落叶，却用轻薄
撬动了土地的丰稔
在日落前，隐入生命的轮回

树的那头，九月徐徐而来
尘世的魑魅魍魉都被阻隔在外
如果不是九月的坦诚与丰熟
如果不是九月把自己和盘托出
我怎会如此的直言不讳

假　如

○大可静观日升月沉、花落花开

假如，时光在有限之外
不疾不徐，生活的步调
定会少去诸多纷乱

人生大可不必慌张
坐下来，细细盘点
每根手指串起的闲散

假如，时光可以回流
不用担心生活的背叛
大可静观日升月沉、花落花开

假如，人生可以重来
何必在意诗意、远方和苟且
何必在意青丝白发、弹指流年

假如，如果有假如
该有多好……

明晃晃，阳光照进人间

○ 从一颗露珠里早早获得真相

明晃晃，阳光已高出屋顶
向喧闹的尘世中心靠拢
山那头赶来的云，用原始的白
将天空擦得雪亮

动人之处，秋天有备而来
用渐渐稔熟的身体向人间献祭
怪不得大地如此辽阔，否则
怎可盛装这浩大的深情

蝉鸣来得已不如之前急切
比起涌向秋风里的人们

它们总是凭借自身的先觉
从一颗露珠里早早获得真相

当阳光越过更多的屋顶
停在一个叫黑夜的地方憩息
那些还在头顶飘荡的云
我想，它们绝非路过

且吟为风月

春天之歌（组诗）

○ 当我穿过林间，我看见
　一棵树正被春天悄悄扶起

一、春光渐起

不是所有事物，所传递的信息
都能让人予以准确地表达
就像此时的阳光
在穿透河流的清澈之时
也随春天将金色镶进荒芜之中

时间伸出锋利的刀子
在大地的子宫里
将生长出的悲欢结扎或剥离
候车亭旁，被公交车

远远甩在身后的人
让我想起，此时并不适合赞美

然而，一定有一些相同的人
他们总在不停地重复
在山水林木、花鸟云风之间
试图寻找和捕捉诗意
以此获取自然带来的愉悦和慰藉

这让我相信
在众生嘈杂拥挤的人间
柴米油盐之外，一定另有光景

当我穿过林间，我看见
一棵树正被春天悄悄扶起

二、捡漏

户外的春风，触到它时
胜于昨天的热烈，让我相信
时光对人间从未辜负

林间清寥空寂，千虫蛰居
看起来，它们并不及我骚动

我走到青郊，折向山野
阳光在身后款款释放爱意

时间穿过指缝，落在掌心
我紧紧攥着，像从流走的光阴里
捡回一个遗漏的春天

三、春风引

三月的风，浩浩荡荡
一夜之间，绿了四野
绿了山林，绿了笔头的字符
绿了行人的脚板和天空

多么庆幸，为了一份信守
门前的那棵香樟树
已从沉沉的昏睡中醒来

像竭力抚拭我心头的荒芜
干瘪的枝丫上，俨然生出数处新绿

我们像失散多年的老友
各自怀揣重逢的欢喜
我们彼此深深地庆幸着
像从前一样，伫立在春天里
听鸟的啾啾、风的"呜呜"

四、突然的抒情

三月
注定是一个多情的季节
我看见春天匍匐着
慢慢向人间逼近
凛冽开始溃败，和风渐起

桃花的粉嫩，柳条的纤绿
泥土的松软，鸟鸣的清脆
都在煦日的温情里
一次次拔高　再拔高

舒展的河水，姿态轻盈
藏不住一块石头的秘密
我逆流而上，目睹了
一只画眉落在湖心岩石上的优美

夹道两侧的牛筋草，弩张着
迸发出——吱吱、嗤嗤
按捺不住的骚动，我突然好喜欢
这些在石壁上擦出的声响

五、轮回之美

目之所及，一些事物的相加
总是让人来不及多想，多少年来
就连一截昏沉的枯木，也
毫不例外抽出新枝，这种重复
让我不再怀疑生命轮回的能力，毕竟
在偌大的人间，谁都知道
曾经或以后，有无数人打此经过
虽然无法确定他们各自的忧乐

以及那些常年四处奔袭的鸟
是否借助一片林子的茂密
在一个雨天得以栖息
但不可否认，生命中流淌的热烈
会让一个又一个的春天
在你我行进的沿途铺织风景
就像一串又一串的花儿
年复年，开又落

六、春夏之交

站在春的一头，与风对峙
一时竟找不出恰当的修辞
四月，在时光掣肘中孑孓而行
煜煜掩映的朝夕之光
在与落英书写深情的告别

湖水娟秀，回旋出盈盈之美
杨花的骨子很轻，风儿一碰
便被撩拨得意乱神迷，四处播撒轻佻
柳条细软，鸟儿争相钓取春色

两岸的灌木叠叠重重，绿意挺拔

云水之间，天空继续铺展辽阔
湛蓝被复制，物华被复制
一切坠入澄明的自然之境
万籁齐发，合奏出宏大的交响

这一切，了然于春夏盛大的交汇
人间情深，与春相向
我不得不交出最后一分

那些被挥霍掉的人生

○ 一些花草
开始沿途散播讯息

和几只鸟一同的是，一些花草
开始沿途散播讯息，密谋般
越过春的边界，率先崭露头角

来来往往的云，不紧不慢
像老友口中的过往，岁月的悲欢
在钩沉的攀谈中徐徐散开

沿河流方向吹来的风，轻轻
翻动水面的阳光，像翻找出
一株水草浮沉的前世，和我
今生堕落的时光

桥头东侧广场，一群大妈
正为季节重新涂抹别样的颜色
臂膀一舒，就画出柳枝的柔软

看着这些，相继奔袭而来
为春天鼓噪的事物，是该有
多庆幸啊，想想曾经
那些被我挥霍掉的人生

他们仿佛刚坠入爱情

> ○一墙之外，是与他们
> 无关嘈杂的人世

公园长椅上
两对年过花甲的老人
遥相对坐，周围是
簇拥开放的花儿
阳光缓缓倾斜
温润着他们的交谈

一墙之外，是与他们
无关嘈杂的人世
他们从烟火中一路跋涉走来
从一个又一个晨昏走来
地上的草，绿了一遍又一遍

也被冰雪覆盖了一遍又一遍

盘踞此地的老树
看起来并不比他们硕健
佝偻的姿势，像垂涎他们的模样

这个春天，他们仿佛刚坠入爱情
我看见，幸福在他们周围
闪动的光晕
他们正在诉说各自的庆幸

让我不得不在靠近时
将目光移开，生怕
稍不留神，惊散这一抹繁华

她的抚拭

○ 她一生不只把黑夜照亮

除了低头赶路
还应有仰视，抬头时
她正缓缓收起皎洁
这轮月，一定是痛了

你看她蜷起身子
悄悄躲藏在云层之后

她一定是在独自疗伤
她一定是不想让人看见
她一生不只把黑夜照亮
她不能像夜守住无尽的黑

她知道，在这广袤之上
除了宽慰寂寥和浮云
还有需抚拭的众生
和山河的苍茫

弯月让天空露出破绽

○ 在夜的深处
随月光逼仄成一道影子

秋风来过，时光也清凉了许多
大抵是天空露出破绽
一弯清澈，在此时恰巧入目
如果不是这清澈，我不会
在窗前，在夜的深处
随月光逼仄成一道影子，静静
在夜色紧裹的灯火里，轻易就
窥见万物朝宗的样子，在人间
那些相信风比石头坚硬的人
总能发现流星坠落前的蛛丝马迹
那些经历了更多黑夜的长者
总能轻易就道出人性清浊的原委

而我则相信，在跋涉的人间
一定深藏着更多的疑团
需要用文字——撬动

林间帖

○ 用一首诗
同你们作临别的寒暄

如果要问，就算作是爱吧
毕竟在一些事情上的坚持
再也找不出比爱更适合的理由
毕竟坚持不是件容易的事
毕竟这片林子已赋予我平静

比起笔挺的姿态
我更喜欢它们
远近亲疏，却也毫不相干的淡然
它们像隐忍闹市中的修行者
一枝一叶，无不饱含禅意和深情

还有那泓清澈的湖水啊
我咋就从一株水草的影子里
照见被你磨得明晃晃的人生
以及在流经途中
我还关心，是否有人
也生出和我同样的情愫

只是我不得不，在
赶回烟火弥漫的人间之前
用一首诗
同你们作临别的寒暄

尽管来时，这里的一切
我已深深熟知
包括每一次，仍旧无法
从这里带走一声鸟鸣

不只盛开那么简单

○ 当时分再次辗转到新的起点

如果每一次出行
是诗与远方的邀约
我欠生活太多解释
每一次措笔，禁不起细细揣摩
流年就被扎进时光的口袋

当时分再次辗转到新的起点
我总是迫切地把它打开
如同与一位老友的叙旧
侃侃而谈，一切顺其自然

未知总是与已知纠缠往复

当一些未知在已知中生出蛊惑
顺逆就会失去平衡的砝码
一时间，心性的秩序乱了方寸

从未想到会和油菜花沾染关系
即便在百花繁盛的季节
而事物变幻的戏剧性
让爱因斯坦的相对论百十年来
一直闪烁着卓越的灵光

那一刻，这个暮春
在我眼中变得不再寻常
熊熊燃烧的一畦绒黄
不只盛开那么简单

在柔软落入大地之前

○ 想着它们落下时轻易碎裂的样子

隔着窗户，我能感觉到
柔软自千里之外奔袭而来
腾空心情，让时间发会儿呆
在这柔软落入大地之前

一只灰鹊扇动翅膀
从这棵树飞向那棵树
不知道此刻正在经历什么
它的鸣叫一次次滑向这雨中

街道两侧，公交站牌泾渭分明
从东到西，由南到北，直挺挺

看着这些打湿的行人的去向
在一把伞裹挟下撑开，折叠又撑开

想着眼前这些湿漉漉的事物
想着这雨滴从遥远之地赶来
想着它们落下时轻易碎裂的样子
柔软比任何时候更清晰，更贴近柔软

听　戏

○ 鼓板声中，角儿们的三寸之舌
在历史的鲜活中游走

已经不习惯在喧闹中浮沉
不习惯在豪壮中剑走偏锋
不习惯仗义执言的慷慨激昂
像完成一场日渐的拯救

当生活的琐碎一层层堆砌
又一层层被剥离之后
与命运的交锋盛极而衰
不像《史记》里的成王败寇，时而
在典籍里复现沙场的鼓角之鸣

鼓板声中，角儿们的三寸之舌

在历史的鲜活中游走
他们的技艺生动而传神
仿佛掌握了不争的史实

忧乐在这一刻跳脱平静
让入了心的人分别找到答案
还有那块深色的惊堂木，拍下时
怎么看，都比平时少出一些木讷

推开窗户，我暴露在寂静中

○没有月光，我只与风交谈

一场雨过后
真相也来得更直接一些
忧伤也是，湿漉漉的
像被暗夜发酵后的人生

暗夜不独与星辰为伍
就像此时，它也贴近于我
推开窗户，我暴露在寂静中
清风丝丝入耳，我不得不
把自己和盘托出

没有月光，我只与风交谈

没有一种交谈比此更为隐秘
趁着云朵为我掩饰
趁着街角的灯火阑珊……

留白之意

○一个念头，轻易就扯出过往的生疼

越来越发现，早前那些搁浅的
或被宣告无果而终的事物
像裹在体内残留的旧疾
一个念头，轻易就扯出过往的生疼

万象澄澈，人间分明如水
时光里，那些经久的留白之物
让我有理由相信日月的技法
足可在一个回眸间就篡改万物

在初秋的傍晚写诗，显然
不得不妥协于一切凉薄之物

千里之外，连同那些流散的云朵
此时，只要向一片落叶示好
它将报以一个季节丰厚的稔熟

双手合十，由目光抚过城市
像抚触一件古董的成色
细密的釉面在光影里交相变幻
远处，山楼偷偷拨动高度
趁我一眨眼，就晕染了落日

一场蓄谋

○ 相信那些听雨的人

他们有同我一样的辗转

一场蓄谋，源自雨的声音

夜，幽静的界限被打破

借此拔节的西风，悄悄

在翻动落叶去留的讯息

像翻动留在昨日泛黄的照片

一束光，老练地挤进窗棂

借着雨的遮掩，窥见

所有黑夜同我的攀谈

星星多么无辜，满揣着

无数悲苦者不忍言说的秘密

像人间留给寄予夜粉饰的忧伤

云朵煽动城市，让车载摇滚的分贝

在雨的掩饰里释放得更加肆意
那些被摇动的情绪，仿佛
从体内渐渐抽出，丝丝入扣
今夜，相信那些听雨的人
他们有同我一样的辗转
一定需要，一场雨的贴近

北风将至

○ *在昼夜交错的地方，人间如水*

越过黄昏，行人的影子
被丢进一座城的空洞之中
月亮弯曲如钩，在头顶
一场酝酿重新开始

云翻动人间，用浓淡
重新定义非黑即白的结果
一只甲壳虫飞来，把身体的光亮
镌刻进夜神秘的子宫里

多么浩大的寂静啊
在昼夜交错的地方，人间如水

让我的鼻息，在黑夜里听来
竟有了一些生动

是不是该多出一些抒情，趁北风
还未越过城郭的藩篱
还未越过夜，还未越过黎明
还未越过冬天的第一场雪

一张纸，雪一样的白

○ 让一朵云，顺着
故乡的方向找见抒情

世间的一切事物
不只有赞美，在城市
雪降落前的景象
总是令人难以揣度

天空继续向前铺陈
让一朵云，顺着
故乡的方向找见抒情
行走的人间，明暗交错
一些泛滥在灰色里游走

一张纸，雪一样的白

可它毕竟单薄啊
如果没有经历洗、煮、压、切……
怎可接住沉甸甸的人生

当我从一张纸上
想起故乡，我看见
一片一片的雪花
落向人间

一场雪，暴露了人间

○让萧索的万物，瘫软在静寂中

一场雪挑动的情绪
落在黄昏燃起的灯火里
烹茶，煮酒，闲谈，如果有意
还可将风月谈得具体一些

那夜的雪落得多么认真
尘世的纷扰里，不知不觉
就糅进无数细密的温存
让萧索的万物，瘫软在静寂中

那一夜，相信雪是自由的
星星、月光，是自由的

和雪有关的一切是自由的

直到黎明逼近窗户，慌乱的人间
像结束另一个世界的逃亡
一串脚印，轻易就暴露了行踪

天空之镜

○ 生活的每一道公式被反复换算

在晨昏之间画一条线段
将线段等分，一半是人间烟火
另一半是明月清风

把晨昏扣在手心里，每一分
从无到有，从忧惧到欢喜
生活的每一道公式被反复换算

天空之镜，让黑夜如此分明
你看，月亮是另一个端点
把时间和距离瞄定得如此精准

还有那山顶的星群、崖石、草木……
它们正试图借月亮的端点
在遥远之地与我勾连

想必是这样的，因为
尘世的喧嚣在散去之后
风月，让黑夜于我何其分明

仿佛一些真相

○黑夜的一侧，空洞
让想象无法再度延伸

雪，一如以往的白
这些天地生出的精灵儿
用轻盈沿城市的边锋
记录下世态原始的真相

黑夜的一侧，空洞
让想象无法再度延伸
芸芸世界暗生的魅魍
需要一场圣洁的铺陈

习惯囿于自身的推演
仿佛一切早已司空见惯

只是雪，再次降落的刹那
连一块顽石也显得多余

只有一只花喜鹊，连夜赶来
赤裸裸，不惜亮出一头的黑
仿佛从清晨的阳光里
看到了这白过后的虚无

冬　　至

○满满都是
岁月的味道

把四季剁碎

用山川草木作馅

加冰霜雪雨调和

用大地作皮

宇宙为炉

日月为柴

江河为水

煮出来的

满满都是

岁月的味道

只是近黄昏

○阳光漫过山顶，一路播洒

风掠过旷野
直插城市的腹地
势如破竹
一切无从抵挡

干瘦的枝丫上
鸟的羽毛被吹开
河流拖着瑟缩的身体
形如蛰伏的蛇

公园凉亭石凳上
两位老者正在对弈

阳光漫过山顶，一路播撒
一切在此时
被晕染得美不胜收

惬意之余
脑海中不由闪现
"大漠孤烟直，长河落日圆"
"夕阳无限好，只是近黄昏"

空空之说

○一棵树挤进黑夜
　将破败的鸟巢紧紧托举

当体内拥有足够的辽阔
从平静中找到自己
你一定会听到千里之外
虫鸣击水的声音

沿池塘周围散布的芦草
竖起笔直的喘息
在一块石头隆起的虚空里
练习人间交错的纷争

一棵树挤进黑夜
将破败的鸟巢紧紧托举

让每一片遗落在此的羽毛
堆积出一个又一个黎明

时空的尽头，你听到什么
让那些纠缠已久的声名
在一副副平庸的躯壳里
被搅动得风生水起

我还能说些什么
一切正如你所料
只是我不能刻意地煽情
将你引向更深的失眠

没有一种抚拭比它们更轻

○ 一场雪背后，浑然有
　未被完全覆盖的事物

尽管之前的天气预报
让我有了心理上接受的准备
还是不及一场白的直接
所带来的冲动和欣喜

正如常常，人们对一些
事情未知的预判
在尘埃落定之前
纷纷猜测的不确定性

由自然孕育的精灵
没有一种抚拭在黑夜里
比它们来得更轻

干瘪的河床，枯槁的枝丫
以及日落后大山的肃寥
它们并不比想象得更糟

一场雪背后，浑然有
未被完全覆盖的事物
像秘密逃离人间的幽灵

于是，生活中的太多纠葛
需要在黑白中反复揣度
需要在矛盾中寻求平衡
需要一场雪的抚拭和调停

照见与自省

影子自述

○ 你用接近虚幻的语调
　来描摹人世间的因果

说到形体
你具有超强的灵动性
这种灵动有助你
对周遭事物觉知的敏锐

让你在甚嚣尘上的环境中
脱颖而出
也因此避开
诸多尘世的纷争

你落落寡合的性情
极像独处时的我

仿佛你先于我知道
这生活的艰辛和苦楚

你用接近虚幻的语调
来描摹人世间的因果
并以此来消解
一根木线之外的恐惧

而我只对你说出来世的秘密
面对你时，除了形神的合一
还要从视觉上去测出
你的高度、宽度与深度……

变　奏

○人间很硬，想起那些
　和星星一起走丢的人

初次囿于孤独
在孱弱的记忆里
我原谅了我的童年

那时候，时间很轻
天空很蓝，云朵很白
适合躺在故乡的山坳里、草坪间
人生，被大山
一次次抬高想象

当翻越厚重的山水，拥入城市
足底也仿佛

生出柏油路面的坚韧

从楼顶探过来的阳光
一样照进，各自来来往往
神色匆匆的行人
人生，来不及
和一个春天进行捆绑

想到眼前，即将落尽的杨花
我情愿用余生去学会卑微
人间很硬，想起那些
和星星一起走丢的人

回忆，在黑夜的褶皱里
隐隐作痛
人生，像赴黎明的一次剿杀

在石泉海，想到卑微这个词

○ 在人间，它们习惯
　将头压得很低

常常惊愕于那些蚂蚁身上
所发现的，连同小草
一样的卑微
在人间，它们习惯
将头压得很低
在石泉海，也毫无例外

在任何角落，它们
结伴的情形像有爱的亲人
尽管有时会为抢夺一块食物
大动干戈，争强斗狠
但谈及生存，不得不让人原谅

想想偌大的人间
和此起彼伏的纷争，不是吗
你大可庆幸，在高于它们的头顶
尽情俯视这里的一切
甚至，投足之间
轻易就能决定它们的生死

不过，只是你还不懂
四季的法则
在对一切生灵进行盘剥之时
你看上去，才有了
和它们一样的无辜

当卑微这个词
再次不经意撞向你时
让你自由的身子，一下子
在这片清澈之地进退失据

在心里生出一片海

○辽阔与蔚蓝同样无比纯粹

单行道上，向左或向右
行走的人生，同一个真相般逼仄
当一切来得退无可退
黑夜成了黎明标示的风景

辽阔与蔚蓝同样无比纯粹
每个人的世界仿佛从来可以如此
身体是一条横在海上的船
向前或向后同样显得艰难

只有风同思想一样自由
他们拥有海一样的广博和辽远

无论人间多么空空和沉寂
都必将朝前，一点一点
驶向平静或汹涌

对立与完成

○ 天空那样澄澈
　藏不住一丝云彩的白

一只鸟飞过，毫无征兆
顺着它的飞行
山峰峭拔的姿势
在不远处
与我的目光形成对立

天空那样澄澈
藏不住一丝云彩的白
它的出现
竟没留下任何蛛丝马迹

人间如此浩大

它必定有更为广阔的去处
比起散落的野花
在原地开出的静寂
飞翔是它的宿命

它的一生，需要
在不停的起飞和降落中完成
需要借助一棵树
或者一次饱腹来完成
需要借助羽毛的坚硬，在与
时间的纷争和碰撞中完成

重　塑

○不得不承认，对世事的感知
　有时并不及一只鸟

落日无法掩饰的生活困顿
需要用一盏茶来掩饰
一张纸，生出的空白
需要一个人的余生来填充

不得不承认，对世事的感知
有时并不及一只鸟
混沌之中
总是先人能获取讯息

暮色之中，一只落入人间的秃鹰

用羽毛的疲惫和凌乱
在一棵老树萧索的枝丫上
留下季节的命名和感动

小楼对面，霓虹逼仄的光亮
与昨夜的角度分毫不差
城市之上，万物井然
唯我的心灵秩序需重新构塑

一些生命的照见

○ 我常常从自身的境遇中
  来宽解那些突如其来的错愕

常常以为一些伤，可以自愈
以此来忘记一些疼痛
以此来一次次自我规劝
以此来完成一些生命的照见

那些走在生活里的人
他们各自心怀热烈，正因如此
我常常从自身的境遇中
来宽解那些突如其来的错愕

没有人喜欢一切做作的虚假
如同我不喜欢自己心生的厌恶

没有一副躯体比一块石更坚硬
没有一种内心比一滴水更柔软

当忧伤袭来之时，我才发现
一些事远比想象更应持重
只是我不得不，在接下来
让自己的无用如此清晰

高度与审视

○ 没有一件事物比风令人难以揣摩

一只燕子紧贴水面飞行
它的轻盈和高度无须借助于风
它的羽翼自可界定分明
包括对周围一切物体的审视

被流放于水下的暗藻
随波平衡着自身摆动的幅度
在命运悬浮的深浅中
时刻保持接受妥协的敏锐

至于被镜像的事物
它们比事物本身更接近真相

它们更适合与事物本身重合
因此，本质加大了识别的深度

没有一件事物比风令人难以揣摩
即便在岁月不断地浸透中
依然存在诸多的不确定性
不像燕尾在水面荡出的波纹，小桥或落英
风，只是吹向它们的表面

有关草的几句话

○ 基于坚忍，我们
　似乎不及一株野草

如果说春天代表希望
那么一切并不太远
你看，就在脚下
奋力向上攀升的野草
因为坚忍，再一次
把生命托出大地

基于坚忍，我们
似乎不及一株野草
即便在践踏之下，或夹缝之中
在被一些微小的生灵感召之前
仿佛一切总是被轻易击垮

没有比放弃一件事
更为容易
诚如无人去想象
一个乞丐的起居和忧乐

在各自构成的世界里
成败荣辱最终都被
风干成记忆的标本

只有野草，它们执于坚守
只要春风一来
它们就能向阳而生

因为它们从未离去
它们只是把头暂埋在泥土里

时间抛出的事物

○ 极像我们对生活的百般讨要

贴上标签的事物，安于陈列
像一件件古董，环置于方寸之地
时间抛出的事物，层层叠叠
在春天里尽现锋芒，参差分明

经年在兜售中次第失调　割舍
极像我们对生活的百般讨要
从酸甜苦辣中调取色彩，勾勒出
是否会是诗和远方衍生的图腾

过多的抉择总让人落入僵持
暗欲匍匐，让人不加想象

褒贬似乎隐于一面镜子之间
一照之下，便可善恶分明

想到分明，不得不想到事物本身
太多的纷扰易让理性落入偏颇
相比之下，对于事物本身的辨识
总不及这如此明晰的春天

山　顶

○ 在有风的地方
　一切都是自由的

我站在山顶
我高高地昂起头颅
等风吹向我
等风吹向我的脸
嘴唇和衣角

我把影子倒挂在山崖
那样，我可以
更好地仰视苍旻
空灵逆势而上
在我站立的地方盘旋、起舞
时光钝化成大千世界的附属

在有风的地方
一切都是自由的
包括抚触蔚蓝
如果，我可再向高一步

赞　美

○ 比如赞美一个人或一件事

决定赞美的语言在出口之前
其取向性已不应再被质疑
作为一门行为艺术，不可否认
在以人为本体的自行审视和体悟中
使其更为符合理性化的表达
无不参与人性情感的全部体察
比如赞美一个人或一件事
比如有时不得不赞美
在鲁迅先生的《立论》中
一户人家的孩子满月时
说恭维之词（说谎）的人得到感谢
道出实情（必然）的人遭了打

223

如果既不想说谎也不想遭打
那是不是要这样说
啊呀！这孩子呵！你瞧，多么……
啊唷……哈哈……
你瞧，多么好的赞美
啊唷……哈哈……

紫罗兰盛开的午后

○ 与阳光对坐，世界铺满了金色

一株紫罗兰盛开的午后
与阳光对坐，世界铺满了金色
此时，忧郁是孤独的
就像紫罗兰的花瓣

别在他人的世界里心生妒忌
那样，你注定是痛苦的
我从不认为这个世界有什么异样
清晰的生活并不需过多的勾勒

曾以为黑白可以混淆世界
其实，只是混淆在别人的世界里

一朵花，并不懂如何取悦人世
却也在孤独中静静开出伟大

世事如此奇妙，人间喜忧参半
我欣喜应对生活日趋的荣辱不惊
和从一朵花里学会的谦卑

一些事，从骨子里渐无相扰

痛定思痛

○城市入定，似乎喧扰就此削减

夜色再次收紧时
窗棂之外，灯火形同锋利的眼睛
让一切止于分明

云生出的忧郁，落在楼顶
堆砌成厚厚的心事
夜足够深沉，将人间紧紧包裹
仿佛酝酿一场宏大的修辞

城市入定，似乎喧扰就此削减
掰开生活的罅隙，看看
一些曾经的念头多么可笑

让至今想来都不禁唏嘘

痛定思痛，我仿佛有了
一些生活的自我拆解之法
对欢喜的、伤感的、迎来送往的
通通挣脱一场无谓的纠缠

浮生是一场赌约

○苍茫之上，草木四处散布流言

人事如漏，烟火如尺
当流年从指尖滑过，一些过往
渐渐被锻压成四季的风骨
或锃亮，或斑驳，赫然在目

时光迅如电掣，往复倏忽
苍茫之上，草木四处散布流言
寒暑切割岁月的经纬
悲欢交错，枯荣更迭

努力合着生活的节拍
爱同记忆一次次被唤起并加深

还有感恩、奉献、坚持，总有一些词
让生命的印象愈发明朗

世事钩沉，终将发现
浮生是一场回不去的赌约
如果能再来一次
谁又会愿赌服输

小暑如镜

○时间惯于在黎明前铺排众生

小暑，明晰如镜
风行于燥热，一切在惶惶中
落于一场雨的踟蹰
让我不禁对季节多出一丝冥想

隔着窗户，想到关于聆听
闭上眼睛，让声音在耳中摩挲
暗夜研磨的时光，绵密如丝
随每一滴雨，向大地释放温情

在低处的人间，众生平等
就像接受一些爱或疼痛

我都会为每一场雨祈祷

时间惯于在黎明前铺排众生
在纷乱中梳理得失和悲喜
让千头万绪的人生，在磨砺中
在一场场雨里完成照见

当一些事物被镜像之后

○ 任何一种通融之法，无不用来
　化解陷于事物本身的焦灼

当一些事物被镜像之后
原本的一些固有思维被错置
一时间意识转向、逆变
很难相适应新生后的物象

这让人开始怀疑自身内在的统一
以及其余需辨识的事物也概莫能外

大多时候囿于周遭舆论的态势
让附着事物的假借得以泛化
这种似是而非的形态构建
无异助推着感性向同质化裂变

在与事物的相持交互中
任何一种通融之法，无不用来
化解陷于事物本身的焦灼
相较客观与理性的洞悉，并非偶然

在黑夜里审视

○我在一轮圆月里洞见空明

百鸟消声，旷大的寂静
让一切坠入虚无，月光隐曜
纷杂的喧闹被这旷大尽数吸纳
街市上，流动的霓虹占据主场

无数形形色色的人，卸下负重
随同无处安放的疲惫让夜托举
让一切在黑夜里亟待重新审视
让一切认同黑夜的一场归属

人间如此庞大，我无须关心
这种寂静来自何处，又去往何处

就像在某月的某天
我在一轮圆月里洞见空明

无论霓虹是否明灭，我想
由黑夜制造的这旷大的寂静
都是生活的另一场交割

真　假

○如果不是
　一个孩子一嗓子的呼喊

　　　　虚幻的东西仿佛自带魔性
　　　　让耽迷者屡屡占据上风
　　　　渐渐的，以假乱真
　　　　便不再只是一个词

　　　　盲从和自负在任何时候
　　　　绝不是一个好主意
　　　　真假之间内在因果的混淆
　　　　以及单向思维的加持
　　　　无不让问题的产生成为必然

　　　　真假咬合得密不透风

怪不得布谎者总能振振有词

一定听过皇帝新装的故事吧
多么荒诞的讽刺，如果不是
一个孩子一嗓子的呼喊
一个真相或将无法轻易道破

关于喜悦

○ 看似柳暗花明的景象，未必真实

习性的使然，往往让人
不惜在一些丑陋前频频示好
让事物苟且于事物
让事物失去原有的特质和内涵

总以为，常常搁浅一些仇视与背叛
因而从此能相忘于江湖
这样，即便是形同陌路的擦肩
至少，再见时可各怀释然

日子不紧不慢，棱角的锋芒
已不会随一些境遇生出波澜

平淡，在一次次自我摆渡中
完成了与一切事物的包容

对于喜悦的，并不需大加赞赏
看似柳暗花明的景象，未必真实
不要蓦然回首，让曾经的耽迷
在世故面前变得一文不值

事物之外

○雪落是一场意外
　它让事物本身猝不及防

夜，是事先设定的命题
雪，只是揭开一个谜底
背后是未被诠释的事物
迫切需要一场白来打开真相

习惯了碍于事物本身
习惯了被生活安置
习惯了将头深埋在烟火里
苟且渐渐成为一种习惯

雪落是一场意外
它让事物本身猝不及防

它让事物本身发出惊愕

我看见一枚落叶，掠过人世
在一个初冬的早晨
在归于事物本身之前
偷偷觊觎了这落下的白

叛　逆

○造物主连"哭笑不得"一词都造好了

都说，会哭的孩子有奶吃
会哭就有奶吃吗？天知道
你会哭吗？反正我不会
哭有用吗？谁知道

丰沃的土壤
适合草木的生存
黎明却不是，它豢养孤独
哭不比孤独更伟大
笑不比哭更伟大

如果要我哭
就让我先笑吧

如果哭可以有牛奶、面包
我也会

你看，一切有多神奇
造物主连"哭笑不得"一词都造好了
还有什么不能够

只有一个
连哭笑不得都不会的孩子
用眼睛，硬生生
把黑夜捅出一个窟窿

一棵树站进黑夜

○它长出的一枝一叶
　是另一个世界赤条条的冷暖

多么庆幸，我们走过的路
前人已替我们走过
我们即将奔赴的人生
还有那么多人一同前往

一棵树站进黑夜
我不能说它与星月为伍
它长出的一枝一叶
是另一个世界赤条条的冷暖

如果，在某一时刻
你从你的世界找到了生活的幸福

你是否会像站进黑夜的树一样
像迎接你的幸福去迎接众生

当月光淬洗过的刀锋
用来劈开一个黎明到来前的潋漫
除了捂紧胸口，你还有什么
拿来给这空空的人间献祭

之于苍白

○一些雪，还会落下来
　它们有和雨一般的品质

留下的风，明显多出凉意
枯叶还在持续凋落
一些事，提前在酝酿中
获悉答案，像道别秋天的离场

秋天，是一个熟透的词语
在描述它时，我并不能
拒绝我的青涩，像我总不能
清晰地描述我自己

那些年，故乡的一草一木
总是那么认真地贴近我

仿佛知道我多年后的哀伤
让我对它们的理解满怀深切

一些雪，还会落下来
它们有和雨一般的品质
如果不能准确描述它们，谁又能
在另一场苍白中将我拯救